옷걸이에 걸린 남자

신형식 제4시집

옷걸이에 걸린 남자

신형식 제4시집

자서自序

버려진다는 것은 ‥
참으로 쓸쓸할 일 ‥
그러나 버려짐으로
자유는 자유롭다
나는 나를 버리고
풀잎에 기대어 사는
그냥 아무 이름 없는 이름이고 싶다 ‥

가끔은 사람의 향기를 그리워하는
풀벌레로 울지도 모를 일 ‥

2017년 8월
신형식

Contents

2

버려지고 싶은 하루

3

어둠을 뭉치며

4

누구를 사랑하는 일 만큼

신형식 그리다

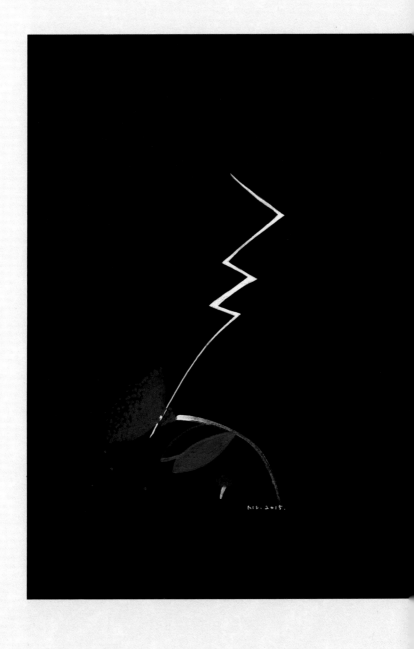

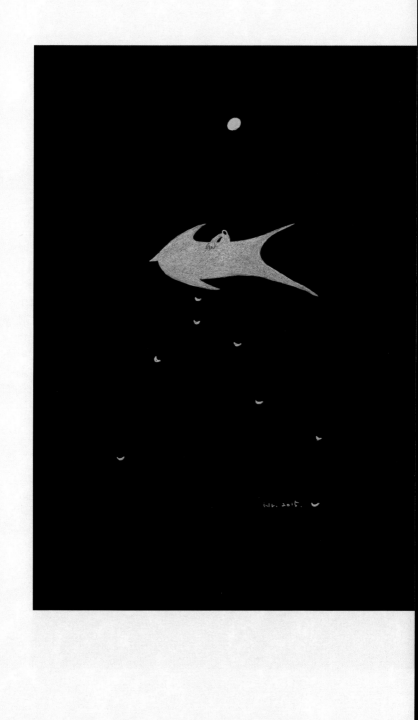

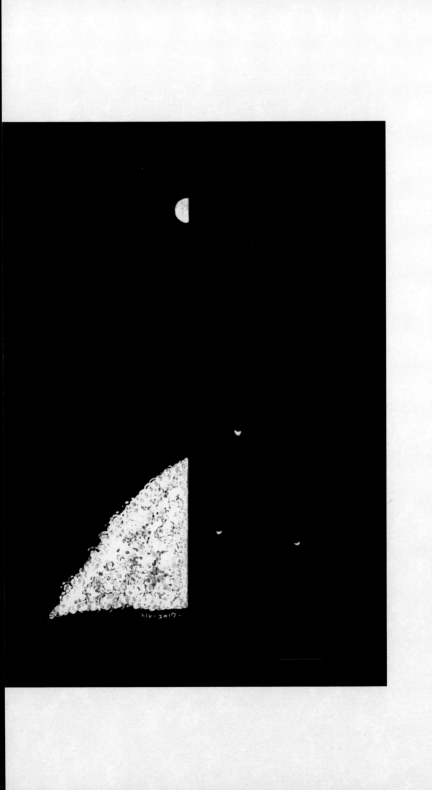

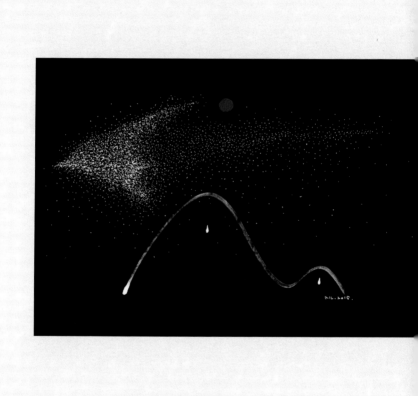

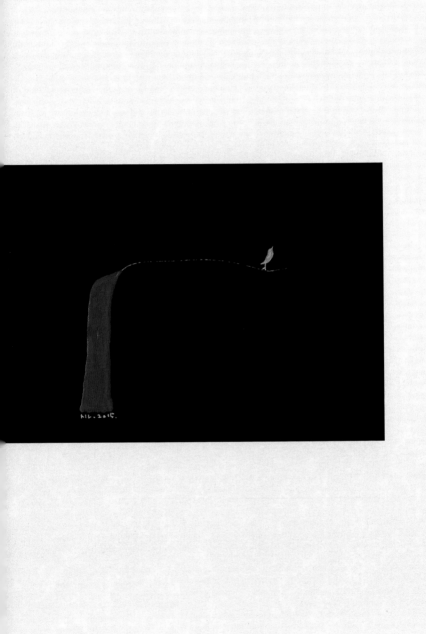

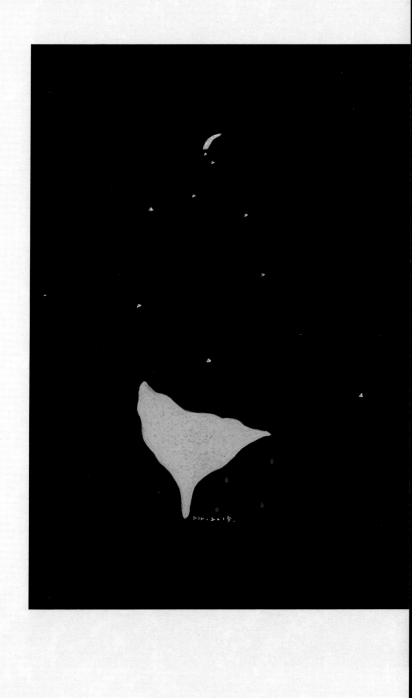

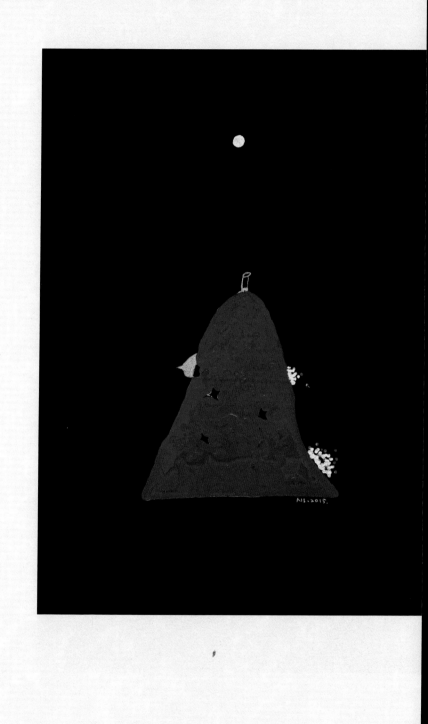

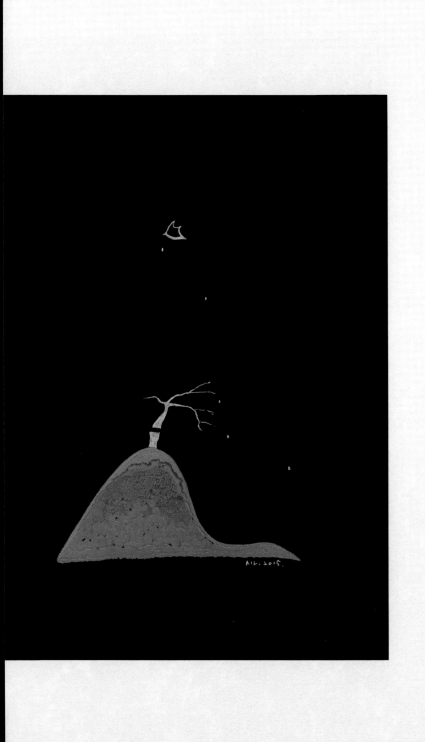

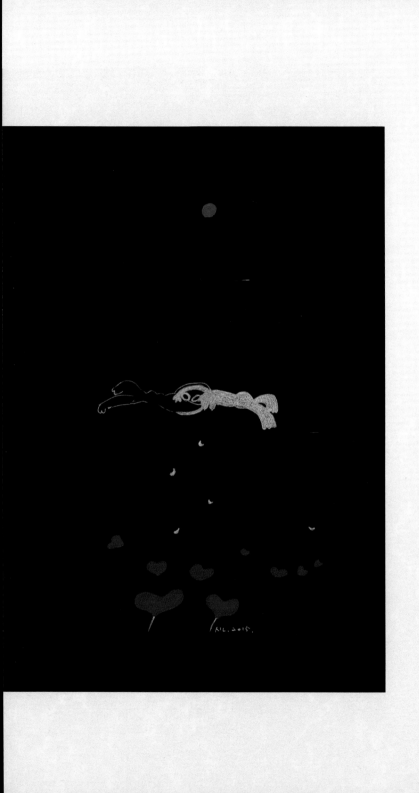

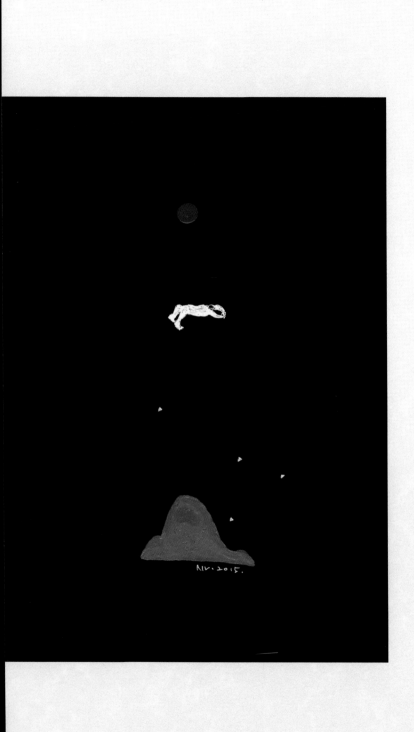

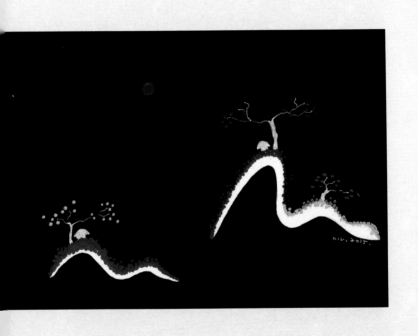

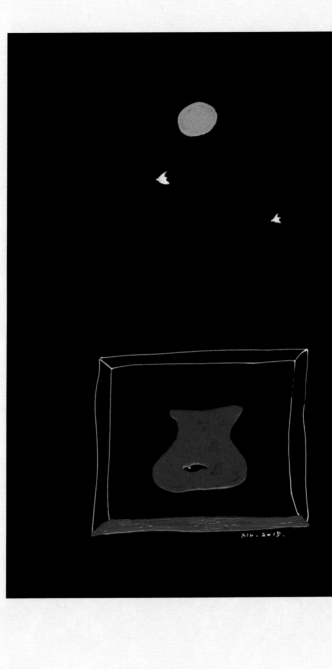

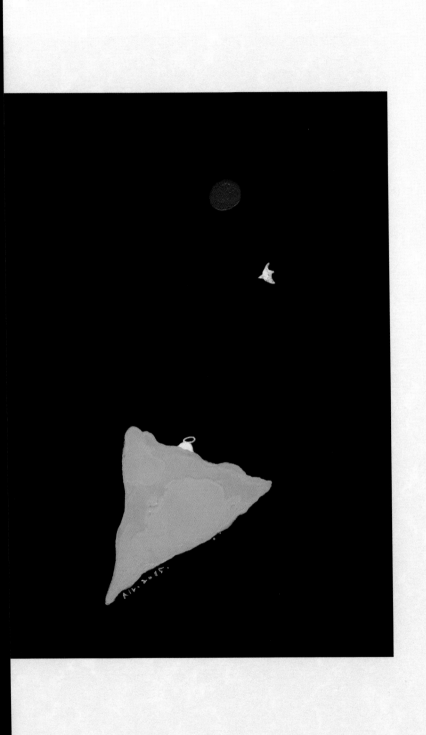

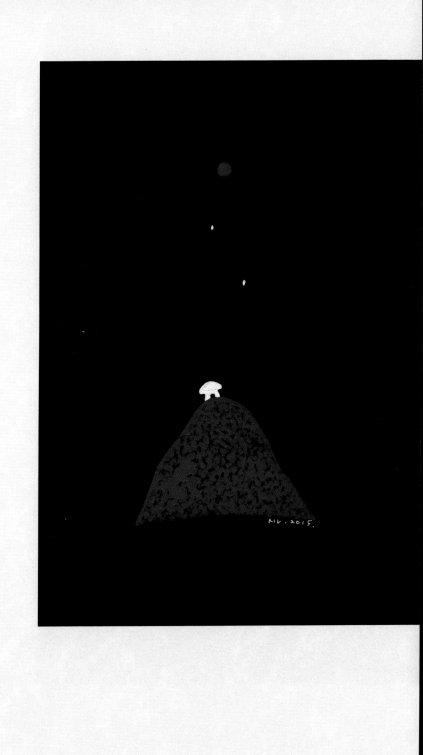

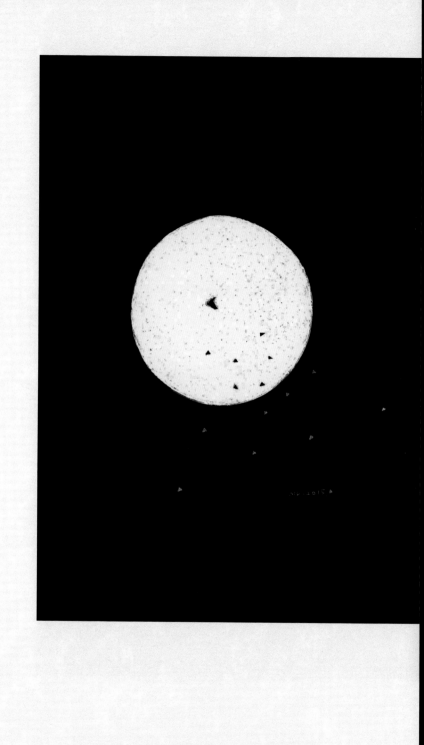

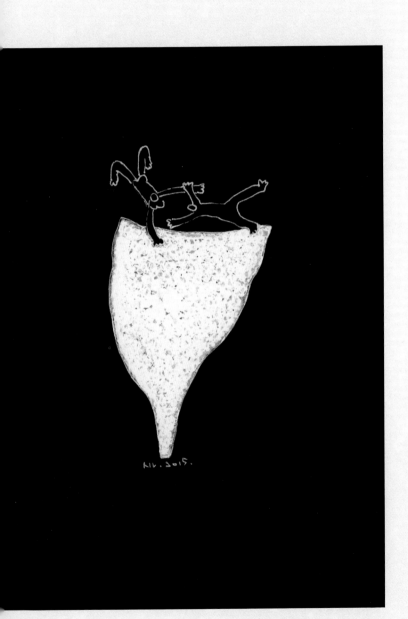

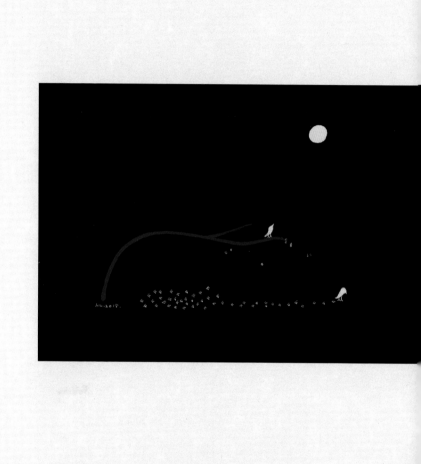

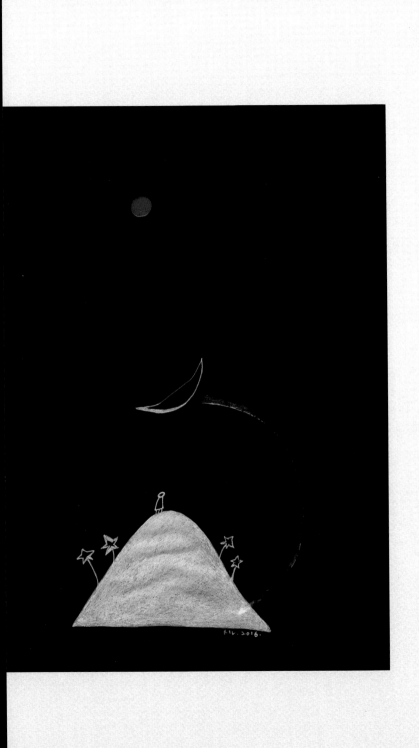

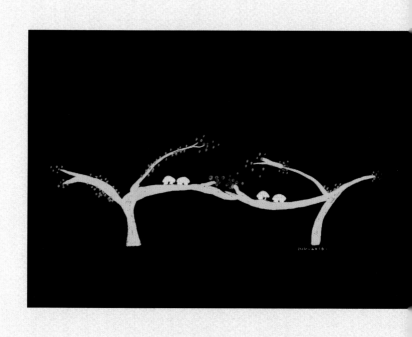

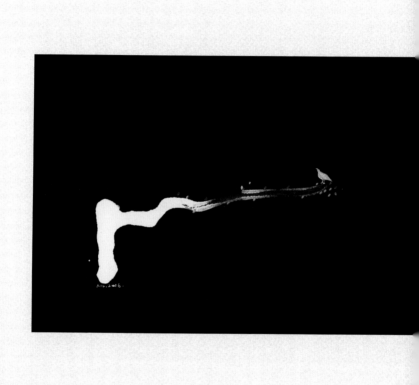

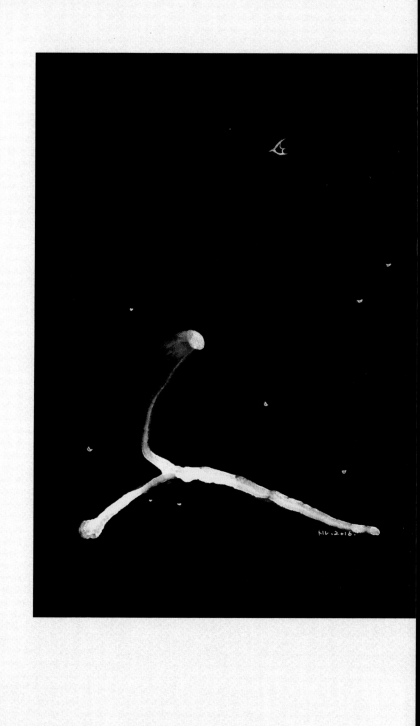

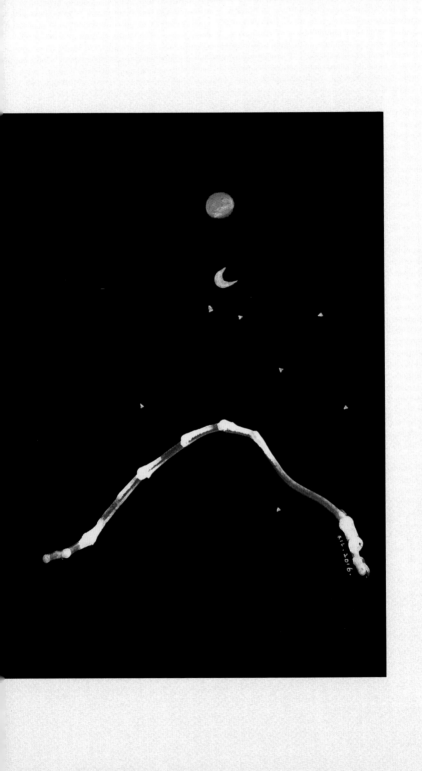

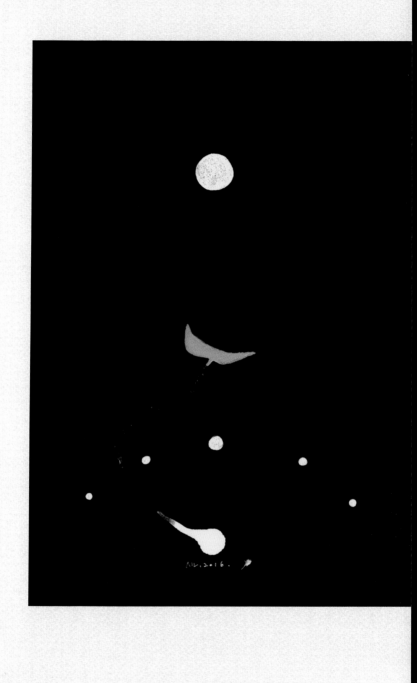

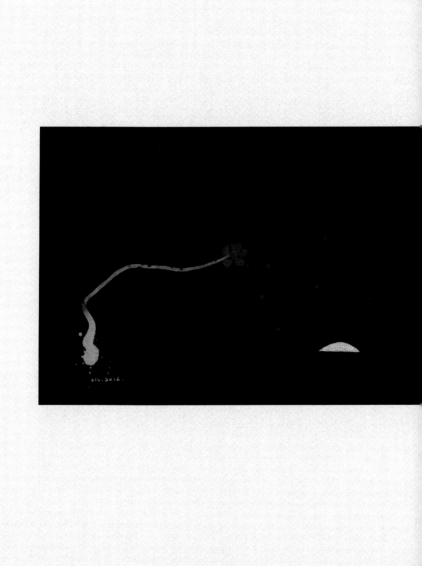

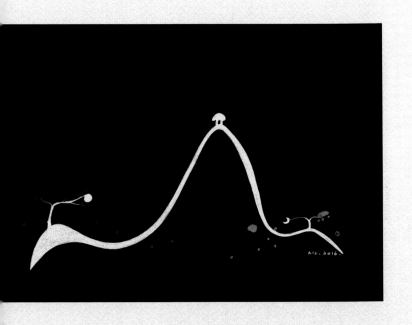

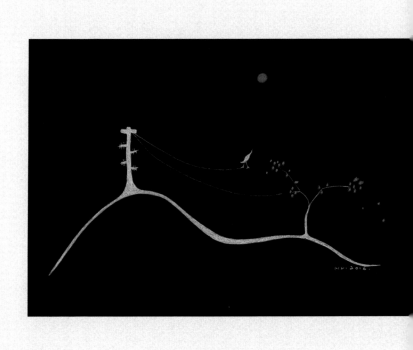

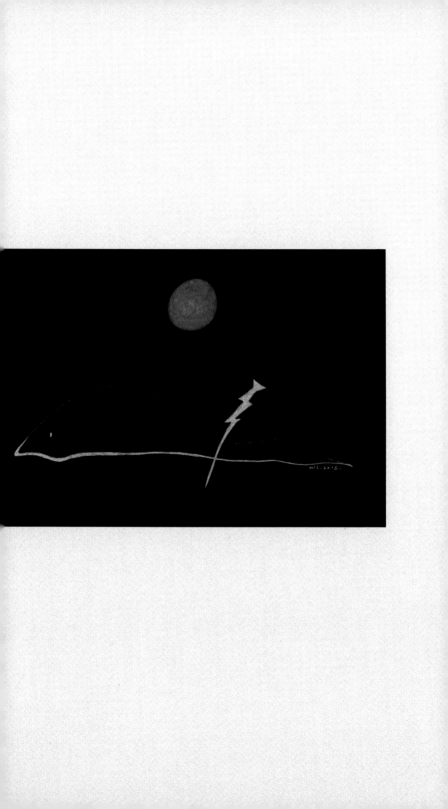

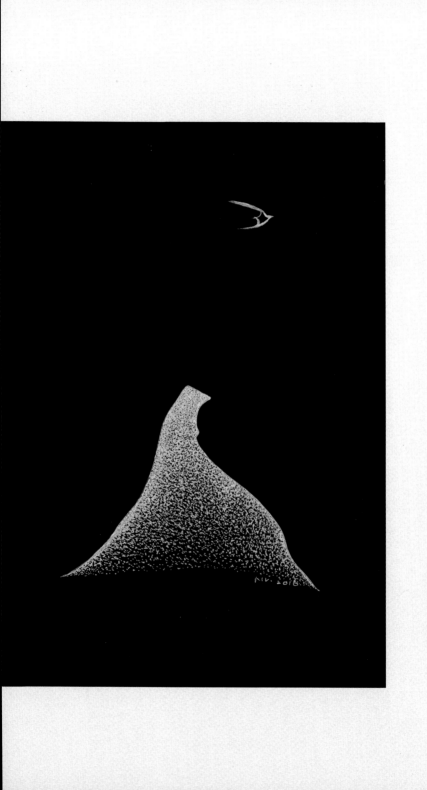

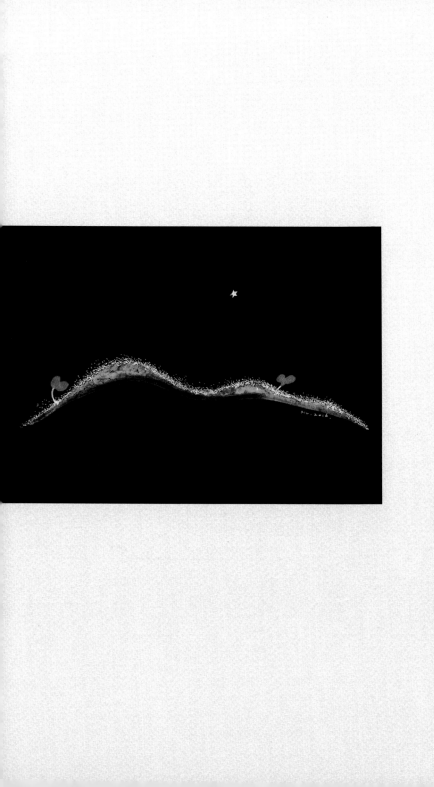

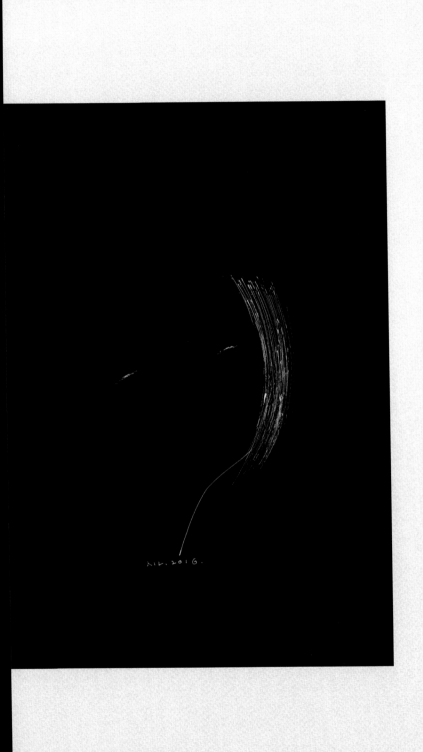

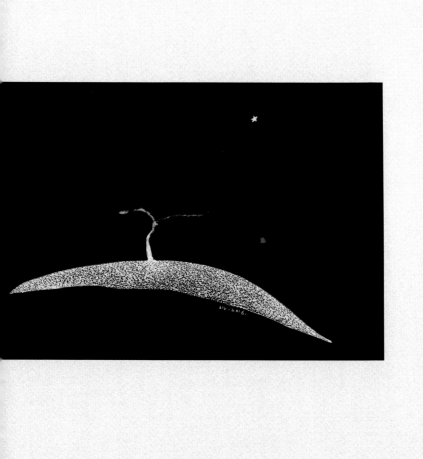

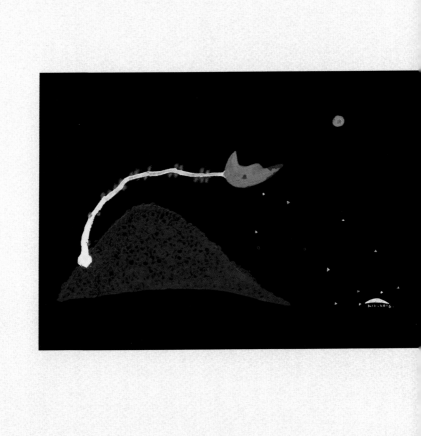

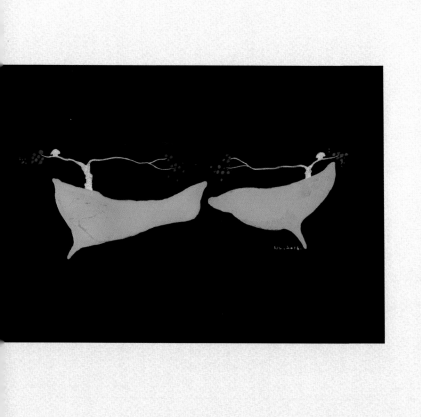

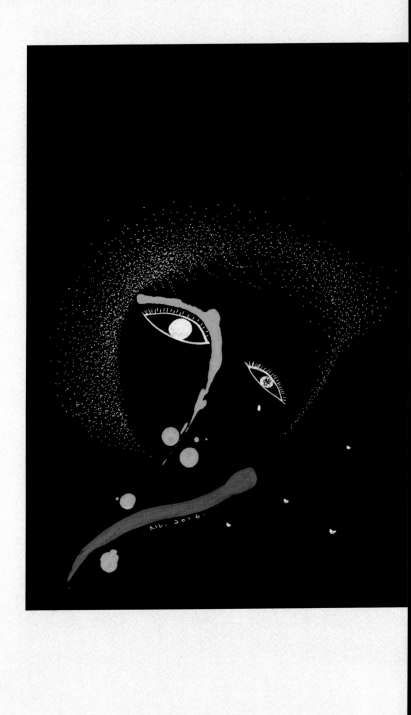

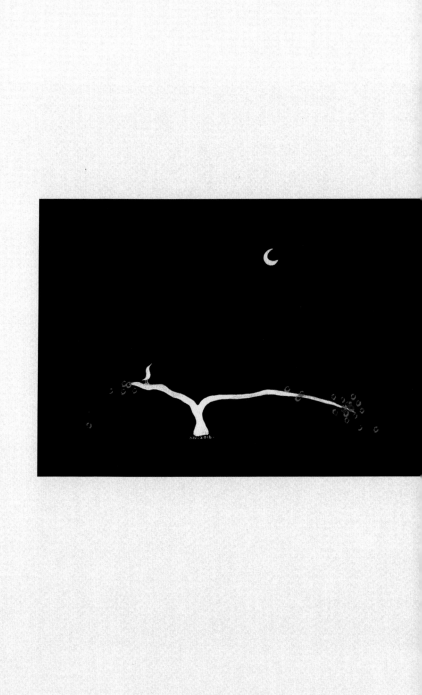

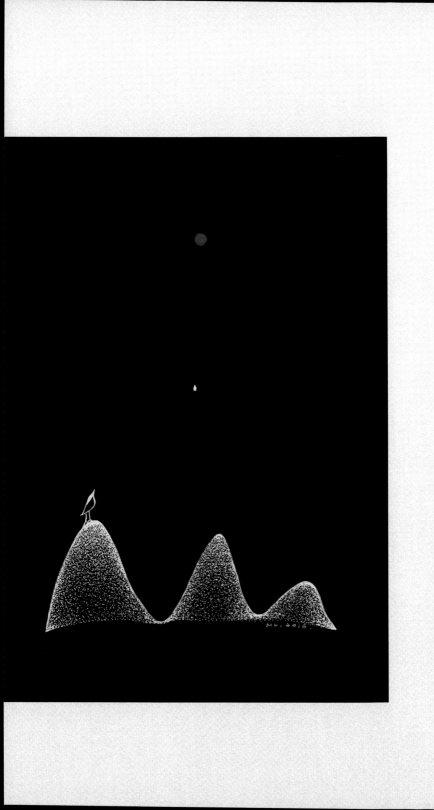

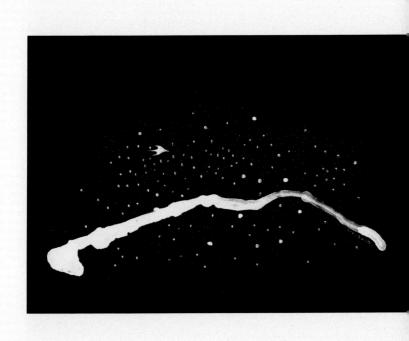

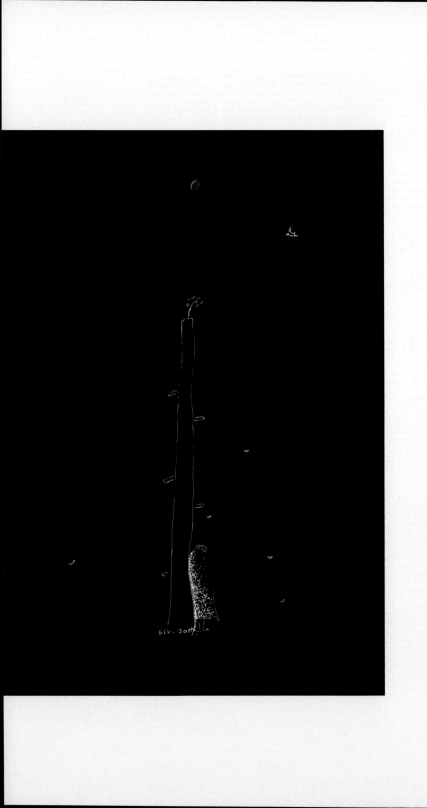

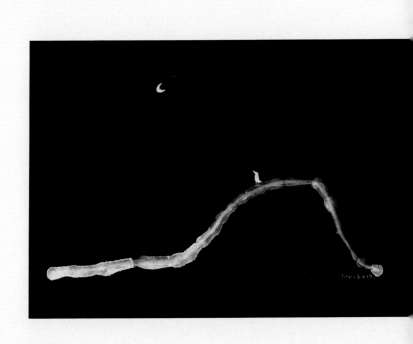

1.

고
양
이

한

마
리

작별

잘 가세요, 사랑
겨울 하늘 저 새는 비행기를 닮았네요
구름 사이 낮달 하나
집에 가지 못하고
눈이 오네요
눈동자엔 눈만 쌓이네요
이 가슴 어쩌냐고
바람도 서성이지만요
내버려 두세요
사랑은 첫 장만 있을 뿐
마지막 장이 있기나 하나요
부탁 하나 할까요
혹시 언제 다시
이 겨울에 오시거든
당신 처음 만나던 곳
꽁꽁 언 늙은 눈사람
꼭 좀 안아 주세요

꽃을 그리다

하얀 도화지에
바람과이별과슬픔을 섞어
달 하나를 그리고
사랑과기쁨과운명을 섞어
별 하나를 그린다
기억하는가
겨울 안개 사이로 피어난 눈물 꽃 하나
그 꽃을 꺾어
가슴의 재로 그려 넣은 산등성이에
꽃을 던진다
보아라
네 입술을 빼앗던 그날
내 입술에 묻은 붉은 립스틱으로
이별의 키스처럼 찍어 내려간
사랑을,
흔들리는
저 꽃을 보아라

베고니아

키 작다 놀리지 마라
새들도 지치면 나무에 앉고
구름도 언젠가 비로 내리듯
키 작다 놀리지 마라
가끔 강물 속에 숨어 울던 생이었으나
어두울수록 별은 돌처럼 박혀
그대 잠든 창가
내 사랑은
세상에 주저앉던 관절들을 밀어 올리며
단단한 꽃으로 그대 곁에 항상
키 작은 이름으로 산다
베고니아

하동은 잘 있는가

초등학교 졸업 후
중년이 되어 처음 만나는 친구
그리움으로 가다 서다 찾아갔던 길
아내와 함께 반겨주는 그의 웃음이
감꽃을 닮았다
골이 깊으면 어둠도 깊던가
산 중턱 아래 반딧불들
집집마다 별똥별로 빛나고
우리 막걸리 마시던 날
그의 방엔 전봉준이 있었다
그래서 너를 찾아가던 길엔
그렇게 꽃잎 진 벚꽃나무
세월처럼 섬진강을 지키고 있었더냐
최 참판 댁 그 너른 들판은
숨죽여 바람만 불고 있었더냐
친구야
내 몫까지 어둠을 지고
반딧불로 사는 친구야
부디 잘 지내길
그래
하동은 잘 있는가

자카란다

파라마타 강가에 앉아
조개껍질 일만 이천 개를 부수어
1.4그램의 보랏빛 독을 만들고
다시 일만 이천 개를 부수어
마신 독잔
너를 사랑한
신의 노여움으로
영원히 죽지 못하며 사는 형벌
황량한 광야와 어둠의 땅에서
꺼지지 않는 불꽃으로 타는 몸뚱아리는
얼마나 길고 긴 고통이었던가
이제 독은 충분하고
불면의 시간을 재워야 한다
화사하라, 행복하라
피여! 강물이여!
천년의 사랑이여!
나 자카
피를 토하며
사랑, 신의 딸 그대, 란다가 잠든
파라마타 푸른 강물에
불꽃을 던지나니
피어나라 사랑이여
자카란다여

주안역의 밤

봄과여름과가을과겨울
그리고술과담배와키스와네온이춤추는
주안역의 밤
길들은 취해있다
장례식장 옆
졸린 백열등이 눈을 껌벅이는 포장마차엔
노동의 일벌들이 옹기종기 모여
소주잔을 비워도 보지만
세상을 향해 삿대질도 해보지만
겨울은 춥다
잔을 비울수록
휴지처럼 구겨지는 왜소한 몸들 사이로
오늘의 일당과 맞바꾼
술잔 속의 힘줄
바람의 칼날이 등짝에 박힌다
눈 내리는 주안의 12월 달력엔
종소리가 들리지 않는다
입천장 덴 줄도 모르고 마신 오뎅 국물이
공짜가 아니어도 상관없을 절박한 이름에
아무려면 어떠랴
달리던 마차는 멈추고 마부도 떠난 시간
비틀거리는 그림자 질질 끌던
노동의 일벌 하나가

눈길에 고꾸라진다
일어서다 다시 고꾸라진다
눈 내리는 주안역의 밤

불꽃 축제

한 소녀가 오열하고 있다
죽은 동생 껴안고
두 손을 빌고 있다
탱크 앞에서
막대기를 휘두르는, 돌을 줍는 아이들
전망 좋은 분리장벽 위에서
이스라엘 청춘들이
맥주캔 포탄을 터트리고 있다
연신 울려대는 밤하늘의 축포
비늘을 뜯기며
가두리 속 물고기들은 이미
죽은 자의 땅바닥에 살점으로 뒹굴고
눈먼 나침판이
죽을 힘 다해 지느러미 퍼득거리던 순간,
정전으로 꺼져버린 TV
어둠으로 멀어지는
내 화면을 붙잡고
끊길 듯 말 듯
무전처럼 들려오는
어느
한 소녀의 울음

그림엽서

명치끝에 매달린 홍시 한 알을 그렸다
철없이 껴안다 데인 세월
가슴을 깨물며 단단히 옭매인 시간이었으나
어금니를 뚫고 지나간 짱돌처럼
연탄재 사이로 불던 바람의 구멍들
청춘은 늘 뒤척였다
계절마다 상처는 돋아나
겨울로 죽고
나이테 속엔 또 한 줌의 재
세상 모두로부터의 이별을 간절히 원했던 난,
어느새 중년
자라지 않아서 다행이다
이만큼의 키
상처의 딱지로 곧추세운, 조금은 단단해진 뼈
뿌리는 어제보다 깊게 묻어 두었으니
나의 빈 가지
이렇게 두 팔을 벌리고 서 있는 나는
그래도 행복한 것이다
너는 기어이 돌아와
홍시는 조만간
새들의 아침이 될 터

받아쓰기

들리는 대로 들었고
들은 대로 받아썼다
받아쓰기 빵점 맞던 날
선생님한테 손바닥 열 대를 맞았다
다음 날, 또 열 대를 맞았다
상처를 콧물로 비비며
집으로 가던 들판엔
논두렁길 출렁이고 있었다
엄마 기다리다 잠든 새벽
파김치 들고 파김치 되어 온
엄마가
부은 상처처럼 볼록한 배를, 이불 덮어주던
엄마가, 당나귀 귀를 쓸며
나란히 눕던 날
손바닥 두 줄처럼 나란히
논두렁의 냇물
몰래몰래 흘렀습니다

바람의 파이터

하루의 종이 울린다
밥알에 씹힌 달력처럼
주저하며 긁던 아침의 자국들
링에 오른다
1라운드 종이 울리고
라이트 라이트
레프트 훅
주먹을 날린다
퇴근의 12라운드를 생각하며
눈을 감고 날린다
아직 6라운드
주먹을 뻗어본다
순간 카운터펀치
맞지 않기 위해 뻗은 주먹이 아프다
링 밖을 본다
관중 모두 떠난 객석에
이렇게 잠이라도 자고 싶은
난,
바람의 파이터

쓸쓸한 날엔

쓸쓸한 날엔
떠나볼 일이다
떠나서 마음 가는 곳
아무 데나 내릴 일
세상에서 멀어질수록
풍경은 아름답고
불빛을 등질수록
사랑은 깊다
쓸쓸한 날엔
떠나볼 일이다
밀물에 떠밀려간 것들의 버려진,
자유를 보러 갈 일이다

고양이 한 마리

동네 슈퍼마켓 가는 길
전신주 아래, 마른 고양이 한 마리가
쓰레기봉투 배꼽을 뜯고 있다
버려진 것들도 누군가의 양식이 되는 오후
눈 내리는 풍경들은 순하고
소리의 볼륨도 낮아지는 길
세상이 하얗다
담배 물고 뒤돌아서는 길가에
적막을 깨는 고양이 울음소리
동그랗게 몸을 말며
내리막길 구르던 눈사람을,
시퍼런 빗자루를
뒤로 한 채
넘어지지 않으려
조심조심 미끄러운 눈길 오르던 나는
분리수거 된, 고양이 한 마리

한 여자 – 바흐, 주여 불쌍히 여기소서

이른 아침
옆집에서 들려오는 장송곡

한 여자가 한 아이를 안고
모유를 수유시키던,
한 여자가 한 사랑을 껴안고
겨울을 가네

누구는 미쳤다지만
하얀 이 드러내며 골목길 달래던
한 겨울의
한 여자

고드름 매단 채
울며 잠든 품속의, 장난감 아이 손 잡고
겨울로 떠난

계란후라이

연못 위에 뜬 달

한 생을 갇혀 살던 생모는 나를 낳고
어느 집으로 시집을 갔다
엄마 얼굴도 모르는 나

내가 둥그니까 둥근 달을 닮았을
엄마가 보고 싶다

달도 참 밝은 날
연못 위에 뜬 달이
엄마 같아서

무작정 물속에 뛰어들던
나는,
땅끝까지 헤집다 두둥실
까맣게 타오르던 나는

고장 난 위성

비밀번호 까먹고
현관 앞을 헤매던 나처럼
까마득한 우주 저편
태양계를 이탈하여 어느 은하까지 맴돌다
지구에서 오래전에 타전한,
절명하며 꺼져가는 귀환전파를 듣지 못한 채
관절을 꺾으며 블랙홀로 빨려들던
위성 하나가
침대로 추락했다

엄마 귓속엔 흰개미가 산다
금강송 천년의 사찰도 시달린
소리 없이 다가오는 죽음의 바스락거림
지하에 살던 흰개미가
맨 꼭대기 층으로 이사 오던 날

나 죽어 동백꽃 필 때면
내 가슴 열어보라던
엄마의 젖꼭지를 누른다

두드린다
눌러도 대답 없는 문을,
엄마를 두드린다

혼자인 집을
나는 두드리고

신음하는 은하를 맴돌다가
아들을 열기 위해 네발로 귀환하고 있었던,
고장 난 위성

금붕어

어항 속 금붕어 한 마리
사각의 링 속에
싸울 파트너 하나 없는 평온
있다면,
때 되면 수면 위로 비상하는
식사시간 정도
종은 울리고
아무도 보이지 않는 적
나는 두렵다

라면을 먹으며

라면을 먹는다
구부러진 라면
엉키고 엉켜 단단히
서로를 껴안은
라면을 먹는다
온갖 양념의 수프
100℃ 펄펄 끓는 고문에도
끝내 제 모습 다 풀지 않는,
지독한
사랑의 뼈를 먹는다

소래포구

소래엔 소래가 산다
눈물보다 짠 뱃고동이 흐르는 소래길은
너와 내가 몸을 움츠려 지나는
서로의 길
흥정이 팔딱 뛰고
에누리의 마지막 꼬리 잘리면서
불빛 더욱 환해지던 소래엔
수인선 철길보다 강한
힘줄로
아침을 쪼는 새들이 산다

고사목

뼈만 남기고
홀로, 서 있다
죽어서야 환해지는
옹이들
짐작한 일이지만
아직 안녕을 말하지 못했다
꿈같던 생
스쳐간 모든 바람과 빛
그리고 누군가를 다시 만날 때까지
내 죽음은 무효
언젠가 천둥이 치고
성난 벼락이 내 텅 빈 심장을
또 한 번 관통할 때
나 누울 만큼의 자리만
채 벗지 못한 밑동의 몸 껍질을 떨구며
벌거숭이로 가는,
그날까지
내 사랑은 유효하다

노란 주전자

사람이 사람을 그리워한다는 건
어쩌면 쓸쓸한 일
여기서부터 너의 별까지의 거리는 몇 미터나 될까

사람아
기억하는가

주점의 원탁
지구의 꼭짓점을 오가며
막걸리는 안녕을 인사하고
술을 핑계로 한 번쯤 확,
안고 싶었던 그날

바래다주던 그 길은 종점 같아서
차마
뒤돌아 가던 길
아직 빌린 우산 돌려주지 못하고
오늘처럼 비 내리는 갯가에
이렇게 서 있는 나는
다시 그 겨울비 내릴 때까지
우산을 잃어버린
노란 주전자

2.

버
려
지
고 싶
은 하
루

겨울 억새

이렇게 서서 죽은 나도
바람 순하게 녹을 때면
제 몸 물관 속에
얼던 피
혹시 나지막이 흐르며
따뜻한 생명으로
흔들릴 수 있겠습니다

허공 속의 이별

헤어짐을 짐작한 잎새들이
우수수, 안녕으로 춤추던 허공의 이별
어느 이별보다
허공 속의 이별이라는 것은
참으로 먹먹한 일
그러나
잎새는 이별을 한다
오늘의 이별로부터
너를 기억하기 위하여
잎새는 제 몸을 흔들며 이별을 한다
나무의 무게를 덜며
추락하는,
바람 속에 춤추던
사랑의 세레나데

눈물

바람이 때리는 내 뺨보다
네가 가여워, 풀잎이 운다
세상의 자전과 공전의 속도에
눈동자를 맞추지 못했다고
길목에 우지 마라
흘린 눈물은 돌아오지 않는 것을
저 우주의 별이 반짝이는 것은
죽어가며 걸어가던 사랑이라는 고백을
언젠가 누가 읽어주거든
그때 한 번 울어볼 일
빗속에도 우지 마라 사랑아

겨울, 창밖의 여자

겨울, 창밖의 내가
겨울로 있을 때
어느 키 큰 나무 아래
나, 너를 손짓하고 있을 때
산등성이 너머 숨 가쁘게 달려온 너를
걸었다
산짐승처럼 발자국을 찍으며
눈길을 걷다 머물던 자리
너는 다시 계절로 가고
혼자인 겨울
나는 키 큰 나무 아래서
우리 사랑 단단히 얼어
풀리지 않는 겨울이었으면 했던 너를,
겨울 강을 그렸다

징검다리

자리를 내주며 서 있는 것이다
한 걸음씩 돌덩이로 마침표를 찍으며
여기서부터 저기까지
너를 듣기 위해
귀를 박고 있는 것이다
언젠가
계절로 올 너를 위해
이렇게
가슴 벌리고 있는 것이다

꿀단지 개미

너를 움켜잡고 있는 것이다
뜬 눈으로,
천형天刑의 천장에 매달려
열매를 키우고 있는 것이다
사막의 밤하늘 그토록 아름다울 때
파란 낙타를 타고 오는
목마르고 배고픈 사랑아
나의 몸을 두드려라
너의 양식이 될 때
비로소 나는,
자유가 되리니

갈매기도 이별을 한다

물고기 비늘보다 반짝이던 행복도
부리를 쪼며 써 내려간 개펄 위의 "사랑해"도
어쩔 수가 없었나 보다
먹고 사는 일상 앞에 이별이 운다
끼룩끼룩
수평선 너머
날아가는 새야
사랑을 두고
어딜 가는 새야
바다는 파도로밖에 슬픈 안녕을

서서 죽은 겨울

하늘 아래
바람만 떠 있던 날
겨울은 길을 잃고 산속을 헤매였던 것
어디까지가 나의 계절이고
풍경인지
분간할 수 없는 밤
살기 위해
살고 싶어서
다른 겨울을 불러
홀로
서서 죽은 겨울

여명과 별똥별

아득히 먼 옛날
세상을 등지며 홀로 된 별 하나가
중이 되어 은거하던
상처의 면벽
똬리 틀던 참선을 풀고
새벽을 준비하던 날
빛에 이끌려 걸어간 구름의 언덕에서
차마, 눈멀어버린 중별
별은 그를 여명이라 이름 짓고
목탁을 두드리며
품은 죄를 빌었으나
사무치는 풍경風磬 소리에
파계별이 되었다는 전설을 읽다, 가

나는 별똥별이 되어 너의 여명에게로 간다

풋사랑

넘어오지 마
책상에 찍 선을 긋고
퉁명스럽게 던진,
내 쪽의 평수를 한 뼘은 더 넓혀 놓은
일방적 통보였다
넘어와 주길 바랐던
그 선을 주시하며 국어 시간을 보내고
산수 시간을 보낸, 마음은 소 눈으로
끔벅이던 시절
종소리에 뒤통수를 맞으며 집에 가는 길
괜히 심통이 나서
돌멩이 걷어차던
발가락만 억울해서 팔딱거린 풋, 사랑이었다
넘어와 주길 바랐던 선이라니
그건 넘고픈 강줄기였다
날마다 깊어진 골짜기에
짝이 울며 집에 가던 날
가슴에 손톱자국 남아
밥풀떼기 한 알로 조물조물 때운,
교과서도 없이 배웠던
코흘리개 사랑이었다
냉이 풋내 피어나는 밤
낯선 내가 묻는다

애들아 애들아 다들 어디 갔니
참새 따라갔니
노을 따라갔니
채 흐르지 못한, 먹줄로 박힌 물줄기
아직 전류처럼 남아
나 이렇게 연필 칼 들고
너를 깎고 있는데

백지

나는 경계다
무와 유
사이의 경계
존재하나 존재하지 않는 나
당신이 나를 만질 때
나는 존재한다
존재하는 순간부터 난, 의미가 되고
당신의 고백이 된다
그러나 사랑은 기적을 울리지 않아도 떠나가는 것처럼
당신의 쓰임으로 휴지통에 버려질 때까지
난 이미 당신이 꾹꾹 눌러 쓴
사랑을
지우지 못한다

버려지고 싶은 하루

강화 큰집
큰아버님 생신상처럼
돌담장도 소박하다
방학이면 늘 찾던
어디 각진 것 하나 없는 세상
이 빠진 기와 용마루엔
잡목들이 두 팔 벌려
중심의 터를 잡고
처마 밑 텅 빈 제비집엔
시골 쥐가 살림 하나 차렸다
툇마루에 놀던 바람 하나
휘익 일어나
마당을 쓸며 가던 굴뚝 담장 아래엔
버려진 요강 하나가
햇살에 편한 잠을 조는,

나도 한 번쯤은
저 속에 버려지고 싶은

약속

언젠가 그랬지
난 너에게 다가가 소멸이 되고
넌 나를 안고 산화하겠다는 약속
졸다 내린 버스는
휑하니 떠나고
버스 뒤에 내가 붙어 가더라는 네 편지
꿈속에 나는
너의 창가에 답장을 쓸 것이다
다만, 비로 내릴 것이다
네가 창문을 연다면
너를 약속처럼 더듬다
아침 햇볕 쨍쨍한 너의 뜰에 흩어져
나만 들을 수 있는 안녕을
말할 것이다

새

가거라 새야
전깃줄에 앉아
밤새 젖은 새야
멀리멀리
더는 아프지 않을 세상
그곳으로 떠나라
눈물 없이 행복한 세상
너는 부디 떠나서
잘 살아라
새야
내 돌멩이 피해
날아서
날아서 가라

눈물의 칼 – 죽은 새끼를 품고 선 백조

제 사랑 죽어 누운 호수에서
사랑을 매만지다

해를 향해 날갯짓도 해보다가
다시 안아 보다가

한참을 맴돌다

끝내 물속으로
숨구멍 막아버린,

호수에 박힌
눈물의 칼

뻥튀기

뜨겁게 나를 달궈
너에게로 간다

지축을 흔드는
폭발

보아라
하얀 속살

네 앞에 쏟아지는
나의 순정을

옷걸이에 걸린 남자

나를 벗어 건다
빳빳한 아침이
뭉개져 온 저녁
옷걸이의 중심을
겨우 잡고
나를 빠져나온 내가
밥을 먹는다
밥알이 딱딱하여 물을 말아도
이가 시린,
누가 내 식탁에
행주라도 던져 준다면
물고 늘어지며
눕고 싶은 날
아침이 두렵다
달력을 본다
어느새 달력을 빠져나온 휴일이
거실에 앉아 나를 쳐다보고 있는 밤
식사를 마친 내가 조용히
옷걸이에 가 걸린다

뚝방길 위에서

길이 떨고 있다
햇빛에 젖고 있다
다시 찾은 뚝방길
내 그림자 안고
흔들리고 있다
나 이사 가던 날
홀로 남아 있었을 밤
냉이꽃 흔들리는 개천에
나의 안녕을 받아들이지 못한 길 하나가
옷자락을 놓지 않고 있다
길도 이별 앞에 금 가던 봄날에

바위

차갑다 마라

바람이 불면
나도 몹시 흔들리는 생

죽은 체 서 있는 것이다
내 몸에 박힌 바람을 풀며
가고 있는 것이다

낮은 곳 어디
언젠가 찾아오라던
사람의 땅을 찾아

나를 부수며
날아가고 있는 중이다

꽃

꽃은 자기를 흔들어 꽃이 된다

나를 흔들어 꽃을 지우고

다시 나를 흔들고 흔들어 뼈만 남을 때

꽃은 이름이 된다

꽃은 꽃이었으므로

빈 몸으로

생일 뿐

언젠가의 이별에도

꽃은 스스로 죽지 않는다

봄

만져 봐
흙이 따뜻해
이 동네 저 동네
땅들은 온통 출산 중이고
긴긴 겨울
산통을 견디며
봄을 젖 물리고 있는 저것 좀 봐 봐
꽃 핀 들판이나
새들 지저귀는 나뭇가지 새순
저 아득한 깊이에서 흘러오는
봄날의 태양을

나무

직립으로 섰으나
허리는 굽은,
한쪽으로 기운 몸을 틀어
중심을 잡고 선 나무
살다 살다 굳어진 옹이는
미끄러지지 않게
나를 밟고 더 높이 올라가라는 배려
빽빽한 가지에는 새들도 살지 않는다
욕심의 가지를 치며
생명을 품는,
모든 생명의 시작과 끝
흙을 움켜쥐고 선 나무
아득한 이별이 나무를 흔들던 날에도
나무는 꽃을 피운다
나무가 나무를 잊을 때까지
나무는
나무를 피우며 산다

3.

어둠을 뭉치며

낙엽과 나

눕자
나는 너처럼
바람 따라 아무 데나 눕자
낮은 곳 어디
눕고 누워
내 몸뚱아리만큼만
나의 실선을 긋자

사람으로부터 먼 곳에

꽃이 핀다
개굴개굴
들판에서 핀다
살아 있는 것들이
밤을 깨우며
물길 따라 핀다
사람으로부터 먼 곳에
꽃이 핀다
개굴개굴
봄들이 핀다

성적표

오선 상에 걸린 음표들이
하나같이 낮은 음이다
남의 가슴에 못 박지 말고
착하게 살라 했더니
역시 효자다
이 정도면
아비의 뜻을 헤아리고도
헤아린 흔적이다
장하다 아들아
가슴이 뜨거워
낮술 한 잔
너의 의리 앞에
너의 꿋꿋함에
오늘부터 너를 존경하기로 한다
싸부

선풍기

제 몸을 돌려
짱돌처럼
바람을 날릴 뿐이다
어지러운 생
누가 나를 끄지 않는 한
나는 바람 속에 타들어 가는
불꽃이 될 것이다

자유自由

쓸모없는 것일수록 자유롭다
버려짐으로써 얻는 자유
세상에서 멀어질수록 자유는 풍요롭고
자유를 향하여
넝쿨을 빠져나오는 소리들
모든 소리는 구멍으로부터 나오고
음악은 소리를 풀며
흔들리는 자유,
자유와 음악은 울림으로 시작되는 것
꽃잎도 버려져야 자유가 되는 것이다
꽃을 피우기 위해 몸부림친, 고단한 생의 가지에서
완전한 썩음으로 오는
투명한 자유
소리는 자유고 자유는 소리다

말복

나쁜 년
밤비 그친 뒤
가버린 저 년
잘 먹고 잘 살아라
한 생
뜨겁던 년아

바람개비

지상의 별들은 매일 피어나고
천상의 하늘은 매일 꺼져가는 밤
옥상에 올라
침묵의 말뚝을 등에 지고
하늘을 본다
죽어간 인간의 땅에서
목숨들이 바람을 구겨 눈을 씻고 있는 밤
어떻게든 버텨보겠다던
저 생의 날줄과 씨줄들의 365일의 창가를,
깜박임들을
지상의 별들은 끝내 나를 비추고
매일 매일 질퍽한 길 속에
빨랫줄에 걸린 집개가 빙빙
허공을 돈다

생

열여덟까지만
살고 팠는데
목숨이 뭔지
사랑을 잊고 한 생을 더 산
서른여섯 살
살다 살다
조금은 더 버텨보자던
여기
사랑이 죽어버린 길가에서 잠시
하늘을 본다
나머지 생을 다 써도
이젠 다가설 수 없는 곳
생은 얄팍한 것
살수록 생이 지워지는 계절에 서서
나는

불 꺼진 창

땅에 대한 다짐과
세상을 향해 쏘아 올린 꿈들이
잎이 되지 못하고
엇갈린 채
×표를 그으며 낙엽으로 지던,
계절을 떠나지 못한 새들이 눈 비비던 가을
옥상에 올라
불 켜진 창들을 본다
한 번쯤 다가서고픈,
어둠을 틈타
하수관을 통해 세상과 몰래 연결한
나의 플러그
난 불을 켜지 못한다
아직은 다가갈 수 없는 전압과
비에 젖은 내 알몸의 전선들

가을

가을은 항상

빨간 눈동자를

걸어놓고

간다

어둠을 뭉치며

찬 네온사인이

등골을 내리박는,

길 후미진 곳

떨고 있는 어둠 한 조각을 단단히 뭉쳐

가로등을 향해 던진다

잘 살아라 너도

뜨겁게

바람이 분다

바람이 분다
빗물에 씻긴 바람이 분다
대지를 솟는
싹들의 의지와
껍질을 벗고 일어서는 나무들을 쓰다듬으며
바람이 분다
육지와 바다가 자리를 맞바꾸며
바람을 몰고 가는 날
서로의 체온을 만지며
바다는 사랑을 품고
육지는 달 하나를 띄운다
바람이 분다
가장 쓸쓸하고 외로운 곳에서부터
시작을 알리는 바람이 분다

가위 바위 보

주먹을 쥐어봤자
보한테 깨지고
보를 내봤자
가위한테 깨지고
가위를 내봤자
주먹한테 깨지는 생
그럼 차라리 양손을 내자

화장을 하며

아침마다 화장을 해
나1을 잊고
나2를 위해 화장을 하지
이불을 덮지 못한 어제의 나1이
오늘의 길목을
주저하는 아침
가다가다 멈추고픈
전철의 정거장 앞에서
나2는 눈가에
진한 섀도우를 바르지

단풍잎

밤새 써 내려간 편지
수천 장을
못 보내고 만
우체통
난 끝내 열지 못하고
빨간
가을이 되었다

밥풀 같은 사랑

내 사랑은 가난해서
꼭 끌어안던 월세 방
쌀알 두 톨이 몸을 끓이며
밥을 먹던 날
벽지에 밥알 반쪽씩을 붙였다
우리 사랑 단단한 쌀알로 굳어지걸랑
내일의 환한 골목길에서
다시 만나자던 아침을 걸으며
저녁을 걸으며
이 길 지나면 보이리라던 믿음이
서로로부터 너무 멀리 와 버린 생
너는 어느 하늘 아래
밥은 잘 짓고
살고는 있는지
밥풀을 문지르며
너를 문지르며

겨울 수채화

저기 저 별 저 아득한 우주의 행성이
겨울밤을 떠돌 때
생선 장수 엄마는 아직 돌아오지 않았다
골목의 늙은 담벼락에 앉아
창백한 달을 덮고
졸던 새벽
이웃집 강아지인 줄 알고
다가섰던 엄마는
와락,
비린내 나는 가슴을
끌어안던 나는

겨울꽃

돌아서 가던 너의 뒷모습처럼
기억을 더듬어
너의 발자국 위에
내 발을 디딜 때
밤새 언 바람이
부서져 내렸다
오늘의 이별은 겨울 속에 묻혀 다행이라며
돌아갈 길이 없다던 네 말이
눈 속에 묻혀
꺼져가던 날
그날처럼
눈송이들 덤벙 덤벙 뭉쳐
내리는 아침
달은 물에 빠져서야
꽃이 된다는 네 눈물이
창가를 때리는

겨울 홍시

탱탱하게 얼어붙은 달처럼

기다렸을 뿐이다

꽃 피면

나의 뜰은 봉숭아 물들고

오늘을 기억하는 파란 잎새는

바람에

제 몸을 뒤집어

노을의 눈물쯤은 감출 것이다

어느 날

그 겨울 언덕에

바람의 흔적

나무가 흔들리는 이유는
너의 창가를 두드리지 못하고
가슴 쓸며 간,
바람의 흔적이기 때문이다

흔적
사랑의 상처는 가슴에 남고
바람의 상처는 나무에 남는다

세상의 모든 것들에 베이며
광풍을 몰고 오던 바람

그 바람 혹시
언젠가
잔잔해지거든

비로소 너의 뜰에
나무 하나 심었음을

새벽길

엄만 항상
혼자 울었지

부러진 발목을
목발에 달고
철컥 철컥 어둠을 출근하던
새벽길

멀어져 간 발자국 따라
다 큰 아이는
엄마를 썼다

꾹꾹
눈동자에
그냥
엄마라고 썼다

4.

누구를 사랑하는 일 만큼

자갈

세상을 밟지 않으려고
둥글게
엎드려 있을 뿐
내 눈물도 일으켜 세우면
발바닥이 아프다
나는 간다
오늘을 부수며
저 먼
너에게로 간다

개망초

내 이름은 개망초
돌잔꽃 풍년초도 아닌,
성은 개 씨요 이름은 망초인
개망초
사는 게 다 그럽디다
이름 갖고 사나
목숨 갖고 살지
사는 게 다 그럽디다

누구를 사랑하는 일 만큼

가을은 쓸쓸하다지만
누구를 사랑하는 일 만큼
쓸쓸하지는 않을 일
외로우니까 사람이다라는 말은
거짓말
꽃도
달도 외로워
상처의 딱지처럼
제 몸을 붙잡고 떨어지지 않는 밤
가을은 쓸쓸하다지만
누구를 사랑하는 일 만큼
쓸쓸하지는 않을 일

돌

사랑이 깊으면
돌도 사람이 된다

천년은 땅속에서
천년은 땅 위에서
나머지 천년은 한 사랑을 그리다
모가지를 꺾는
꽃

사랑이 깊으면
돌도
꽃잎이 된다

꽃길

아무도 없는 길을
난 걸어서 가네

바람 속에 길은 부서지고
달도 베이는 오늘

난 걸어서 가네

내일의 더 어두운
어둠을 헤치며

난 그냥
내 안의 꽃길을 가네

우시장 가는 길

소가 간다
뒤돌아보며 간다
끔벅끔벅 꿈인들
발굽을
거꾸로 하고 간다
음매에 음매
코스모스 뚝방길을
엄매에 엄매
눈 감으며 간다

겨울새

딱 목매어 죽고 싶은 달
그달 아래서
한참을
목숨만 남기고 베어버린 새벽
새는
화장을 고치며
식은 붕어빵을 물고
터벅터벅
집을 향해
날아서 갔다

달의 눈물

깜깜한 밤
달이 떴다
저 멀리 고독의 땅에서 불어온 바람이
못 견디며
나를 외로워할 때
달은
눈물 한 방울 만큼의 무게를 덜며
잠시 기우뚱거렸다
달도
바람도
누구나 상처 하나쯤은 안고 살 터
너를 묻고자
바람이 풀을 베고
풀잎이 바람을 베는 세상의 길목
달을 기우뚱 움직인
저 한 방울의 눈물은 누구의 무게인지
집으로 가는
아득한 길

밤길

가자
세상의 짱돌이 날려도
말의 가시 혀의 가시를 지나
밤의 책장을 넘길 때마다 베이는
손끝으로
너를 더듬어 가자
누군가 마음껏 울다 갈 빈집
저만치 열어 놓고
이 밤을
이 밤을 걸어서 가자

기차표

살아남기 위해
나의 반쪽을 지우던,

반달이 직각으로
내리꽂히는 밤

살고 싶었다
살고 싶어서
바람에
내 한쪽 뺨을 내밀었던 하루

베개에 눕던 눈물들이 일어나
맨몸으로 달려가던
인간행
편도 기차표

상사화相思花

만날 수는 있겠습니다
어긋난 인연이었으나
만날 수는 있겠습니다

길고 긴 기다림
이승에서 못 만난다면
저승에서 만날 수는 있겠습니다

생은 매일 매일을 이별한다지만
이별을 생각할 수 없었던 나를
잠시만 머물다
가겠습니다

끈을 놓으며
마지막
인연의 끈을 놓으며
가는 길

이제 불꽃같던 내 사랑
땅속 깊이 묻어 두고 가오니

새까맣던 나의 뿌리
숨 막혔던 그리움도
부디 안녕이어라

떠나간 사랑

새 하나
있었네
인간의 땅에
사랑을 찍던
새 하나 있었네
살다 살다가
이제 새는 날아서 가네
사랑은 가네
딛지 못한 세상
아득한
눈발 속을 가네

바다

바다는 가끔씩 집을 비운다
서러운 자는 서러운 대로
배고픈 자는 배고픈 대로
자리 하나씩을 내주고
바다는 가끔씩 집을 비운다
바람과 술 한 잔을 걸치고
달에 등 떠밀려
철푸덕 철푸덕
발 빠지며 오는 길
아직 집에 가지 못하고
슬픔을 쪼고 있는 저 새 한 마리
명치끝에 걸려
갯가에 서성이는,
상처를 쓸며 오는 바다

삼포 가는 길

저는요
그냥 잠만 잘래요
엄만 다 큰 계집애가 무슨 청승이냐지만
그래도 잠만 잘래요
사실 전 백수거든요
비밀 하나
제 남자친구도 백수예요
백수끼리 뭐하냐고요?
우린 둘 다 잠만 자요
참, 잠만 자는 것도 아니네요
커피도 마시고 영화도 보고 그래요
가끔 꿈에 만날 때는요
제 외모가 매우 예쁜 편은 아니지만
빠지는 편도 아니에요
남자친구한테 미안한 얘기지만
어젠 빨간 립스틱도 발라 보았어요
이만하면 덜컥 프러포즈도 받을 만한데
나이를 먹어서 그러나 싶어
바로 지워버렸어요
백수 삼 년 차거든요
이불 뒤집어쓰고 한참을 울다 보니
눈이 퉁퉁 부었어요
지금 날계란으로 마사지하고 있어요

마사지 끝나면 잠만 잘래요

날계란 품고

엄마 노릇이나 할래요

흔적

모든 불꽃은 흔적을 남긴다
풍경 속에 흩어지는 나이거나
저 별로 가는 너
그렇게 연기로 타버리는 것이다
지렁이는 빗소리를 남기고
꽃은 시들어 계절을 남기듯
불꽃은 타올라 연기를 남긴다
활활 타오를수록 황홀하였으나
흔적이 없다면
그렇다면, 어차피 사랑이라면
난 숨을 것이다
숨어서 흔적을 남길 것이다
길고 긴 이별의 감방에서
포착되지 않는 연기를
차마 증명할 수 없었던,
증명하기 싫었던 사랑을 증명처럼
천천히 피워 올릴 것이다

눈사람

눈은 내리는가
너의 계단을 오를 수 없어
차곡차곡 나를 밟으며
다가서던 겨울
낮달 속에 헤어진 이별에
미끄러져 구르던 어느 별 하나가
너로부터 가장 먼 곳
눈사람 되어 울던 침묵을
눈은 내리는가

달

어느 지붕 위에
참, 밝은 달
누군가 배고파
세상 몰래 어둠을 뜯던 흔적이겠지
달은 하늘에서만 뜨나
살아갈 수만 있다면
개천이든 지천이든
달은
목숨으로 떠 있는 것을

바위

흔들리는 모든 것들은 흔들리며
나를 고백하지만
흔들릴 수 없는 나는
누가 나의 고백을 들어줄 것인가
나는 피어나지 않는다
너에게로 반걸음을 옮기기 위해
땅속의 천년을 걷던 길처럼
오늘을 걸었을 뿐이다
너를 만나기 위해
나를 금그며
부서지고 있을 뿐이다

길

밟히고 밟혀
길은 이름이 된다
밟혀지고 밟혀져 눈물마저 마를 때
이름을 얻는 길
세상의 모든 오해와 편견을 지고
오늘을 걷던 길
난 길이 아닙니다
난,
사람입니다
나도 아프게 느끼는 사람입니다

찌개를 끓이며

찌개가 끓는다
모든 것은 차오를 때
구멍을 내듯
냄비도 뜨거워지면
뚜껑을 열고
낙엽도 바람의 길목을 연다
살다 살다
인간 앞에
용서의 출구를 열며 가는
저 모든 것들의
뜨거운 목숨은

거리에 뒹구는 모든 것들에 대하여

허공의 날개를 달며 날아가는 저 잎새나
맨몸으로 구르는 깡통들
거리에 뒹구는 모든 것들은
다 그리운 것이다

저 먼 아득한 별로부터
인간의 땅을 향해 달려오던 길을 되돌아
한 사랑을 향해
가고 있는 것이다

가다가다 멈춰선 길 앞에
바람도 달에 못 박혀
녹슬던 고요

한 때 사랑의 중력으로
지구를 맴돌던 달과
너무 먼 이별의 항성에서
눈 비비던 별 하나가
서로의 경도와 위도를 찾아
수 억 년을 달려가던 것처럼
너를 찾아가는
안녕인 것이다

옷걸이에 걸린 남자

초판 1쇄 인쇄 · 2017년 8월 25일
초판 1쇄 발행 · 2017년 8월 30일

• **지은이** 신형식 • **펴낸이** 김순일 • **펴낸곳** 미래문화사 • **신고번호** 제2014-000151호
• **신고일자** 1976년 10월 19일 • **주소** 경기도 고양시 덕양구 삼송로 139번길 7-5, 1F
• **전화** 02-715-4507 / 02-713-6647 • **팩스** 02-713-4805 • **이메일** mirae715@hanmail.net
• **홈페이지** www.miraepub.co.kr • **블로그** blog.naver.com/miraepub • **ISBN** 978-89-7299-487-9 03810